네가 있는 곳이 세상이다

네가
있는
곳이

세상이다

채경식 지음

페이퍼로드
paperroad

작가의 변

신을 사랑하나
신을 알지 못하고

주민등록증이 있음에도
이름과 주소가 모호하고

자주 누군가의 유목민이다

개를 사랑하지만
함께 못해서

죽은 개들에게
어두운 하늘에 눈편지나 쓰고

나 죽으면 묶었던 개끈으로
좋은 저승 인도해달라고 청한다

노안의 피로로
밥상머리에서 자주
눈을 감다가

노모에게 욕을 먹지만
밥을 아주 잘 먹고

천국을 꿈꾸면서 날마다
지상에서의 장수를

비종교적 신에게
몰래 기도한다

뇌물 소시지 받아먹은
집 앞의 고양이들은
나를 잘 알지만

그대에게 나는
시든 낭만의 길거리 남자다

괜찮다
내게도 소수의 열성 팬들이 있다

올여름 불타는 태양으로부터 구조해 준 생사 불분명한
지렁이 몇 마리와

만취할 만큼
피를 빨게 허락해준 모기들

너무 아름다워서 꺾지 못했던
북한산의 들꽃들

이 겨울 지나면 다 돌아온다
돌아와 미생의 노래 부를 거다

여든이 되어가는 늙은 소녀와 여름나라에서 온 다람쥐
공주

그리고 공주 뱃속에서
험한 세상 모르고
뜀박질하는 애기 다람쥐 하나

그대는 내 이름을 부를 일 없겠지만
그들이 나를 부르면
나는 변을 끊고라도 달려가야 한다

존재의 이유는
스스로에게 설명하기 나름이다

난 오늘 이 시간에 적절한 설명을
내게 할 뿐이다

내가 탄 시간의 적토마가 어떻게 달릴지
나는 모른다
그냥 착 붙어서 갈 뿐이다

2017년 1월
채경식

목차

Ⅱ 내가 바라는 세상은

Ⅲ 나에겐 죄가 있어

Ⅳ 별이 거울이 되어
내게로 비추면

I

아프다 그리운 건 아프다

빈잔

비어버린 술잔에서
너의 얼굴을 본다

그 잔을 채우면
사라질까봐

난 빈 잔을 마신다
마신다 또 마신다

아프다 그리운 건 아프다
그립다 아픈 건 그립다

사라지는 네 얼굴
잡으려 하다가

잡을 수 없어서
빈 잔만 마신다

그대는 빈 잔을
떠도는 그림자

난
그대를 그리는
눈동자

마신다 빈 잔을 마신다
잊는다 얼굴을 잊는다

마신다
빈 너를 마신다

구두

사랑하다가
너무나 사랑하다가
내가 먼저 가면

하염없이 속절없이 널 기다리다가

내 사랑 그대가
시간의 다리를 건널 때

너만을 기억하는
아름다운 구두장이가 되어

이 세상 고생한
너의 발 위에

날 찢어 만든 구두를 입힐 거야

그대에게

사랑하는데 난
왜 슬픈가

그대가 나를 사랑하는데
난 왜 슬픈가

내 옆에 네가 있어
난 왜 우는가

눈발에 차가워진 내 손을 네가
호오 호오 하는데

왜 찬바람 쪽으로
창피해 얼굴을 돌리는가

너를 보면 난 늘
내 사랑이 가난해 보이고

손에 든 거 하나 없는 손님처럼
네게로 여는
문 밖을 서성거린다

미안하다는 말이 자꾸
목구멍에 사과알처럼 걸리고

사랑한다는 말은 다시
쓰다 만 편지처럼 접히고

날 사랑하는 깊은
너의 눈앞에서 널 차마
바라보지 못해

너의 목덜미를 붉게 물들인 노을에

내가 너를 깊이
말로 다할 수 없이 그리워했다고

전하고 또 전하여 본다
내 미안한 사랑을

감사

내일
태양의 입술이 살포시 벌어지며
내게 아침의 입맞춤을 하면

내 심장이
지난밤의 통증으로
멈추지 않았음을 고마워하겠습니다

내게는 아직도
시간이 머무르고 있습니다

시간의 길 위에서 나는
과거의 지붕 안에 덮인 것들을
가끔씩 만지작거리며 미소를 지을 것이고

고통의 기억과 현실이
내 의지를 희미하게 지울 때조차

살아있음을 즐거워하고
시간의 밖이 아니라
시간 안에 있음에 놀라워하고

남은 날들이
견디지 못할 시련이 아니라

견뎌야만 할 경이로운 선물임을 감사하겠습니다

내일 다시 해가 뜬다면
이 세상에서 가장 기쁘고 놀라운 일은
누군가 날 사랑하고 있음에
눈물짓는 일일 것입니다

모순

사랑에 있어
그대는
현명한가 무지한가

그대는 현명하고 무지하다

무섭게 달리는 자동차
바퀴 위에 앉은 나방을
위험하게 먹는 개구리처럼
현명하고

바퀴 밑에서 안전하게 죽은
다른 개구리처럼 무지하다

사랑의 천국은
그대에게 안전을 주지 않고

사랑의 지옥은 그대에게
불안을 주지 않는다

사랑은
그저 하는 자가 행복한 것이다

사랑은 그저 하지 않는 자가

행복한 것이다

곧 다가올
마지막 그림자 앞에서

우리는 사랑을 한다

우리는 끝내
사랑을 하지 않는다

낮술

한 잔을 마시니
시름을 잊고

두 잔을 마시니
잊혀진 시름에
옛사람이 그립고

세 잔을 마시니
어디선가
바람이 불어

잔을 내려
옛사람을 잊는다

취함

힘든 하루 일과 후
길가 동네 슈퍼에서 한 잔
죽은 자들은
결코 누리지 못하는
천상의 소맥을
심장에 채우며
난 감사한다

잡탕의 술에
너무 깨끗해지려 하지 말자
순수는 취하지 않는다
섞여야 제대로
비틀거리는 것이다

그리움

기다리던 그 사람이
오지 않는다해도

그리는 마음은
버리지 마라

우리의 추억은
너무 두꺼워서
함부로 열지 않는
어려운 고서와 같은 것

시간의 조롱과 장난이
먼지로 그 책을 덮어도

그대가 사랑한 그대들의 이름이

가벼운 망각의 비로
차마 지워지겠는가

그대가 그리는 사람이
그대를 그리지 않는다 해도

그리는 맘은
버리지 마라

우리는 누군가를
자유로이 그리워할 뿐
그리움을 강요할 수는 없다

내 오래된 책을 열면 그대가
거기서 내게 오니

내가 바라는 것은

그대가 거기서
그대이기를

내가 그 이름으로 아는
그대이기를

울고 싶은 날

울고 싶은 날은
내 마음에
날이 박히는 날

혼자 볏짚단을
파고 들어가

불 놓고 불길을 따라
가고 싶던 그 날

별이 눈을 잘라
허공에 던지고
달빛이 살점을 삼키는 그 날

울고 싶은 날은
전화 없이 오는
나의 부고 같은 날

하지만 웃어야 하네
난 아직
그대의 마지막 편지를
받지 못하였네

비 들어친 가을

단풍 종이에
그대가 소식을 적으면

나 지는 꽃처럼
몹시 울어볼까 하네

내가 내게

오늘 이 시간이
슬픔일 수도 있고
그렇지 않을 수도 있어

기억해
바람에 밟힌 꽃도
푸른 노래를 한다는 것을

슬픔의 눈이 머문 너의 얼굴에
바다가 흐를 것 같아

잊지 마
깊은 상처 안에 너의 노래가
밟힌 풀 같은 노래가 있어

눈을 가진 꽃 중에
울지 않은 꽃이 있을까

저 많은 수풀 속에
눕지 않은 풀이 있을까

나는 행복해 나는 행복해
그렇지 않아 사실이 아냐

나는 행복해 나는 행복해
사실은 아냐 너도 알잖아

나는 행복해 나는 행복해
그리 말을 해 내가 내게

희망

내 위의 별들이
요란히 오라하기에 잠들어
꿈속에 갔더니

날 부른 별들은
하나도 없고

아직도 희망을 믿는가 묻는
쪽지 하나를 주었지

그대가 있어도 그대를 믿고
그대가 없어도 그대를 믿듯이

살아가는 모든 이들은 그러해

희망이 있어도 희망을 믿고
희망이 죽어도 희망에 살아

아직도 희망을 믿는가 물으면

나 그것이 잠든 날은 있어도
없던 날이 없노라

옛사랑 잊은 적 없듯이

눈물로 품듯이 그랬다 하리라

눈물의 신

나의 신은
사랑의 신

자신이 빚어낸 창조물에
선한 눈물을 흘리는
비련의 주인

나의 신은
판단하지 않는 신

내가 그리고 우리가
모두 왕이 될
그의 왕국에는

지상의 업보를 추측할
천상의 저울은 없으니

살다가 오라 그저
이 불온한 곳

살다 오라하는
내 연민의 신

이 쓸쓸한

권력의 지상은
그곳에선 한낱 이야기

그 나라에선
나와 작은 것들이
그의 이념

판단하지 않으므로
심판하지 않고

심판하지 않으므로
천국이 없고

천국이 없어
아름다운 나라의 왕

내 마음만큼 슬픈
내 사랑의 신

바람

바람 좋다
이 바람 참 좋다

내 온몸에
망각을 뿌리고 가는

이 바람
참 좋다

산꽃으로 나를 스치고
먼 고요한 바다의 향기로
나를 물들이는

바람 참 좋다

나 저녁 무렵
황혼을 쓸쓸히 걸을 테니

떨어지는 태양의 온기로
내 식은 볼을 만지고

석양의 이야기로
내 귀를 보드라이 간질이는

바람 좋다
이 바람 참 좋다

빛

빛 저 빛
어디로 가는가 저 빛

빛 저 빛
내게로 오는가 저 빛

난
어둠 속에 홀로 울다가
그 빛을 보았네

여긴 너무 어둡고
길을 잃은 사람들뿐

멀어지는 빛을 향해
손가락을 내밀어

꺼져가는 성냥만큼만의
작은 빛을 달라 했는데

가네
그 빛이 내게서 멀어져가네

나는 다시
오래된 어둠 속으로 들어가네

사랑

모든 사랑은
자신에 대한 사랑으로부터
시작하여

타인의 영혼과 잠시
동거를 한 후

다시 자신의 빈
영혼의 방으로 돌아간다

타인과의
영원한 사랑이란

자신에게로 돌아갈
길을 잃어버린 행운아들의

지상에서의
즐거운 마지막 방황이다

네버랜드

울먹이는 너의
어깨에

새 한 마리 달아서

천국으로 흐르는
구름 위에
너를 올려

구름이 구름 닿지 않는 그곳

저 아득한 너머

사람이 향긋한
어느 마을로 가자

그곳 욕망 없는 꽃들에
눈 씻으러 가자

너무 울었다
너는

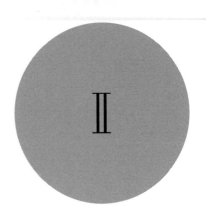

II

내가 바라는 세상은

친구에게-푸쉬킨 답가

삶이 사람을 속이는가

헛된 희망에
그대가 속을 뿐

인생이 하는 거짓말을
나는 들은 적이 없다

삶은
지나간 시간의 그림자

나는
그림자를 끌고 갈 뿐

그림자가 나를
인도하지는 못했다

별이 슬프게 우는 걸
본 적은 없으나

그대와 내가
용기를 버리는 건 보았다

친구여

낙엽에 통곡하지 마라

낙엽은 다만
죽어있고

그 또한
지나간 시간의
섭섭한 그림자

그대의 용기는
죽음 가운데서가 아니라

오늘을 안고
내일을 환희로 추측하면
자연히 오는 것

내일을 바라보는 힘으로
오늘을 살다보면

어느덧
즐거운 죽음은 오리니

삶이 사람을 속인다는 건
약한 믿음의 실패일 뿐

어제를 견디지 않고
내일의 품으로 오늘을 안으면

어느새
즐거운 죽음은 오리니

내가 원하는 세상

내가 바라는 세상은

아이가
배고파 울지 않고

노인은
남은 시간을 두려워하지 않는
그런 세상

아이는
어른이 됨을 즐거워하고

노인은
시간이 다했음을 행복해하는 세상

짐승이
사람보다 아래가 아닌

사람이 죽어간 것들에게
미안하다고 말하는
서로에게 사과하는 세상

네가 내게
너무 귀해서 너무

사랑을 해서 미안한
그런 세상

날마다 내 머리 위에서
포탄이 아니라 미소가 터지는
그런 세상

너무 늦었다고
네가 울며 고개 숙일 때

늦지 않았어
네가 있어서라고 말하며 토닥이는
그런 친구들의
그런 세상

비상

날아갈 수는 없을까
지상의 모든 것들을
가소로워하며

땅을 걷는
모든 것들에
조롱의 경례를 하며

대기를 뚫고
별을 향해 날아간
사격선수의 탄환 같이

심장을 터뜨리는
연습을 하듯이
눈에서 독기어린 다트가 나오는
지상의 너저분한 것들에

나는 사라지고
사라지고 싶다

상처 위에 핀
무언의 꽃들이
상여의 얼굴로 나를 부른다

날아갈 수는 없을까
날 수는 없는 걸까
이렇게 비참히 걷다가
숨 막혀 하다가
넘어지는 걸까
눕는 걸까
쉬는 걸까

날아갈 수는 없을까
날 수는 없는 걸까

사라질 수는 없을까
공기로 된 새처럼 비행을 하며

계단

가끔 너무 높은 건물을
계단으로 오르다 보면
무릎이 아프다

높은 곳에 가려면
그 높이만큼이 주는 고통이 필요하다는
어떤 법칙으로부터의 경고이다

난 거기서 잠시
무릎을 꿇는다

눈물이 고여 아래를 본다

내 무릎은
오를 수도 있고
오르지 못할 수도 있는
삭막한 옥상을 향하지 않았다

오르지 못한 사람들
오르지 않은 사람들
계단을 양보한 사람들

내 무릎은
그런 선한 나의 동료를 향하여

굽혀지고 기도를 한다

계단은 서열로부터
자유로워야 한다고

오르고 싶은 자는 오르고
내려갈 자는 미소 지으며 내려가고
오른 자가 그렇지 못한 자를 경멸하지 않는

내 무릎은 그런 계단을
소망하여 기도한다

나

지금 이 순간까지의
모든 어제의 합이 나이다

과거는 내게서 단 하나도
거부되지 않는다

모든 어제가
오늘의 안에 옆에 그리고 뒤에
누워 있고 서 있고
침묵하고 말을 건다

죽은 시간과 공간
지난 사물과 사건 추억

너 우리 그들
이것 저것

모두가 나이다

그것이 내가 아니라
말을 해도

그것의 합이 나이다

나는 내가 보고 듣고 만지고
찬미하고 조롱했던

나와 나 아닌 것들의
적분이다

장자의 꿈

아침에 눈을 뜬 나는
걱정의 구름에 싸인
늙은 왕자

시계를 따라 달렸던 나는

잠시 얼굴에 흐른
땀을 닦으며
점심에는 어느 가족의 가장

저녁 하늘을 바라보니
노을이 묻는다

사랑하는 사람을 위해
욕망을 재울 수 있는가 하고

사랑하는 그 사람이 내겐
가장 크고 가장 아름다운
욕망이라고 말하며

나는 눕는다
내 곁에 눕는다

장자의 나비가 날고

그게 나이든 나비이든
나는 너를 보며
살아간다

나는 장자의 나비이며
나비의 장자이다

나의 꽃

너는 나의 꽃이다

아름다운 건 너다
흙이 묻어도 꽃은 꽃이다

땅 위에 흔들리지 않는 거
하나 없다

하물며 너 같은 꽃들은 너무 작아
이름도 없이 세상사 바람에 흔들리다가

피곤하고 더러워진 얼굴로
화분으로 돌아가 눕는다

속은 향수로 가득 차 있어
넓은 정원을 향기롭게 만들 꿈을 꾸지만

당장은 흙이 많이 묻어 꽃이었음을 잊었다

내가 울고 싶은 건
꽃이 아니라 하는 너이다

꽃이 아니라 하며 혼자서
낡고 희망 없는 화분 속에서

죽어가고 있기 때문이다

길은 네가 꽃이라는 걸 기억하는 순간
네 속에서 태어난다

넌 아름답다
넌 아름다운 나의 꽃이다
넌 아름다운 나의 길이다

마음

마음은
푸른 하늘 같고
먹구름 같다

비를 기다리면
함부로 푸르고
별들의 소릴 듣고자 하면
기어코 먹구름의 장난을 한다

마음은
실어증 같고
수다쟁이 같다

말해야 할 것엔
말문을 닫고
침묵이 절실할 땐
말들을 뱉는다

마음은
하나같고 둘 같고 셋 같고
다수와 같다

조언이 요구될 때는
단독의 주장을 하고

주관이 필요할 땐
다수의 조언을 구한다

마음은
노예와 같고
주인과 같다

주인의 방에서
노예가 태만한 결정을 내리고
노예의 헌신이 요구될 때는
권위에 빠진 주인이
등장한다

마음은 그렇다
의도의 감옥에서는 살 수 없는
그 자유롭고 소란한 새는
나와 같은 곳으로
고요히 나는 법이 없다

단풍

단풍이
되고 싶다

가을이 다 가기 전에
흐드러지고 싶다

시간에 여의어버린
푸르른 날들을 작별하며

아직 햇볕이 따스할 때
나를 물들여

노랗게 빨갛게
저 바람 속에
터지고 싶다

저 먼 길
나서기 전에

나른한 얼굴로
단장을 하고

바람개비 손에 쥔
색동옷 입은

저 아이들 따라가

나 흐드러지게
햇살 사이로
피었다 부서지는

단풍 한 잎
되고 싶다

생의 긴 영광
사람의 상처
그 한 잎에 사라지는

물들어 터지는
그 잎이 되고 싶다

돌아오지 않을
저 길 걷다가

추억

소풍 가던 날
가난한 여자는 아들의
보리밥에 김을 말고

행여나 엄마가 쥐여준
백 원이 사라질까
아들은 헌 지폐를 가슴에 말았다

깨금나무 하나가 심심한 말을 건네고
개울물 한 모금이
흘러가 버리는 지상의
잔혹한 동화를 들려줄 때

아이는
형편없는 소풍의 보물찾기를 하다
사라져버린 지폐 한 장에
찔레꽃 무덤에서
가슴이 미어지고

별과 달과 바람이
서늘한 얘기를 건네면
상처 난 손 어디선가 내밀어

끝내 찾지 못한

말없이 죽은 꿈의 종이 한 장을
그리워한다

생각의 단편

성급한 이들은
지금의 기회를 놓치면
다음은 없을 거라 생각한다

맞기도 하고 아니기도 하다

성공만을 주시하는 사람에겐
그것이 마지막으로 보이고

즐거움을 중시하는 자에게 기회는
그저 괜찮은 일상으로 보인다

다음이 없는 이유는
그렇다고 단정하기 때문이다

희망이나 절망을 단정하지 않고

오늘은 눈이 올 수도 있고
맑을 수도 있다는
깃털처럼 가벼운 마음으로

눈을 감는 걸 행복해하고
눈을 뜨는 걸 즐기면

스스로 아름답다는 걸 알게 된다

집으로 가는 길

동그란 보름달을
네 얼굴로 보며
집으로 가는 길

사랑의 말들을
소중히 매만지며
길을 재촉하면

내 귓볼에 부는
네 숨결같이
초가을 길잃은 잎들이
사라락 사라락 들리니

너라는 천국으로
귀가하는 이 길

구름 위 걷는
내 성급한 발소리에

입 벌린 밤송이같이
토실토실 잠든
내 사랑하는 이가

맨발로 밤을 걸어

밥 짓던 손으로 문을 여는
집으로 가는 길

네 졸망한 눈에
소곤소곤하던 올망한 별들이

하늘 끝 동화를
다투어 짓다가

잘자요 나라로
보름달 서두르는 소리
내 졸리운 하품 자장가에

반으로 감긴 눈 알맹이
몰래 깜빡 깜빡하는

집으로 가는 길
너라는 집으로 가는 이 길

나의 행복해지는 방법

가장 행복한 시절을
상상하면
오늘이 불행해 보인다

가장 불행했던 날들을
생각하면

오늘의 고난은
가소로워지고

난 어느새
지금의 작은 불행에 감사하는

행복한
어린이가 된다

하루 일이 끝나고

오늘처럼 고된 날은
일과와 의무 사이에 끼어
숨결이 부서져 침묵하고 있는
내 지친 꿈을 저 자유로운 새의
날개에 실어
몹시 가소롭게 날아가고 싶다
하찮은 세계를 멸시하며
오로지 즐겁게 나는 일에만 집중하면서
내가 왜 날아야 하는지 결코 질문하지 않으며
내가 제대로 날고 있는지도 묻지 않고
내가 어디로 나는지를 궁금해하지 않으며
내 끝이 어디인가를 두려워하지 않으며
내가 저 세계를 버리고 날고 있음에 환호하면서

여행자

죽음을
막을 수는 없지만
고달픈 삶을
피할 수는 없지만
내 꿈은 아직도
다 내려놓고
별
사이사이 걷는
우주 여행자

III

나에겐 죄가 있어

말

내가 말한 모든 것들은
헛된 타인의 귓속을 흐르다

시간의 어깨 위에
잠시 머무르고

너도 없고
그도 없고
나도 없는 그곳으로
혼자 가서

거칠어진 얼굴을
조용히 닦아내고

행여나 예쁜 아이가 볼까
혼자만의 기호로 죽는다

다음 세상에서

1.
우리 세상의 두 끝에 서서
가지 못하고 오지 못하네

핏빛 눈물이 강물이 되어
슬픈 여름날 비로 내리네

조각배 띄워 건널 수 없어
꺾인 꽃처럼 목놓아 울어

이 세상 끝나 너를 만나면
검은 머리에 흰 꽃을 꽂고

우리 만나서 두 손 맞잡고
못다 한 춤을 다시 또다시 다시

2.
다음 세상에 검은 꽃 피면
이 세상 울던 흰 꽃이겠지

나의 입술에 나비가 날면
어서 오라는 그곳의 소리

조각배 띄워 강을 건너서

너의 나루에 닻을 내리네

이 세상 끝나 너를 만나면
검은 머리에 흰 꽃이 되어

너 나를 업고 나 너를 안고
못다 한 춤을 다시 또다시 다시

엄마와 가방

엄마가 사준 새 가방

그 가방 안에 어여쁜 늙은 사랑이

나이 든 소년 아들의
미안해라는 말과 함께
꽃이 되어 있네요

난 그대 보란 듯이
가방을 메고

그대 들으란 듯이
예쁘다 예쁘다라고
폴짝폴짝

여름 나무 밑
샘을 본 개구리처럼 폴짝

예쁘다 예쁘다 엄마는
처음도 예뻤고 지금도 예쁘다

난 지금 그 가방을 꼬옥 안고 있어요

안아줄게요

아주 먼 곳에서
서로를 바라보는 그날

너무 멀어서
안을 수 없을 때조차

안아줄게요 이 가방처럼

신과 기도에 대한 생각

신은 우리에게 중요하고 분명한
몇 개의 물리 법칙을 부여하고
저만치서 방관할 뿐이다

기도는
신에게 하는 것이 아니라
자신에게 들려주는 것이다

나의 기도가 깊고 진실하려면
잠시 차가워진 손을 따뜻하게 하여
내 소박한 손이 필요한 사람들에게
진심을 가득 쥐어 내미는 것이다

신은 기도를 들을 만큼 한가하지 않고
그의 이름으로 기도하지 않거나
그의 이름을 부정하는 자들을 벌하지도 않는다
그가 나와 같이 편협한 족속이라면
나는 그를 신이라 부르지 않을 것이다

오늘도 선량한 누군가가 죽었다
누군가가 운명과 신의 무관심에 대해 이야기를 한다
신의 관심은 우리에게 필요하지 않다
관심은 동족이 동족에게 가하는 선물이자 벌이다

누군가가 다른 누군가를 살해했다
혹은 우아하지 못한 누군가가 우아한 누군가가
죽게 내버려 두었다

나의 기도는 관심으로 뜨겁게 채워지지 않았다
이건 기도라 불리는 방관의 기도이다

속죄

나에겐
죄가 있어

나에겐
나만의 죄가 있어

바람이 그 죄를 불어
내 입술에 닿으면

겨울
내 속죄의 말들은
눈이 되고

가을
그늘진 내 입술은
낙엽이 되어

부서진다 내 마음이
다 부서져 버린다

나에겐
죄가 있어

너만이

아니라고 할 수 있는
그런 죄가 있어

말하지 못해서
네게 차마 하지 못해서

부서진다 내 마음이
저 멀리 네게로 부서져 버린다

하나-창으로 바다를 보며

창 안에는
내가 있고

창밖에는
네가 있으니

다 있는 것이다
여기에

안이 반이고
밖이 반이니

우린 그저
그리움으로
완전해진 것이다

내 그리움이
별빛으로 네게
분산되면

사랑이 가득 찬 얼굴로
내 사라질 그리움을
맞아 주기를

창으로 바다를 보던
내 눈이 감길 무렵

이 아름다운
어둠의 영화가 끝날 것이니

벌레

옥수역쯤에선가 벌레 하나가 전철 안으로 날아들었다
몇 명의 여자들이 벌레를 피해 사방으로 물러섰다
갑자기 전철 안에 생소한 공간이 생겼다
여자들은 손으로 허공을 휘저어 벌레를 쓰러뜨렸다
벌레는 전철 바닥에 나뒹굴었고 자신을 가둔 그 생소
하고 차가운 공간에 누워
입술을 빨갛게 칠한 천박한 여자들을 바라보았다
한 여자가 내게 벌레를 치우라는 눈짓을 했다

난 널 치워버리고 싶다고 했다

한 남자가 벌레 위의 큰 구두가 되어 춤을 추었다
여자들의 칼 같은 하이힐들이 환호성을 질렀다

나는 역겨운 소리와 쓰레기 같은 향수 냄새를 헤집고
벌레 속으로 들어갔다
다리를 벌리고 화장을 시작한 분홍 하이힐에게
널 진저리날 만큼 널 빨리 치워버리고 싶다고 말했지만
그녀는 입속과 가슴까지 화장을 하고 금호역에서 내
렸다

지하철 문이 수없이 열리고 닫혔다
입술을 피 같이 칠한 분홍 하이힐들이 다음 역에서 들
어와 똑같은 화장을 하고

어느 역에선가 내렸다

더 이상 눈이 보이지 않았다
눈이 감기고 눈에서 하이힐은 사라지고 대신에
귓속은 수백 켤레의 하이힐들로 가득 채워졌다
그 지옥 같은 소리 때문에 나는 벌레에게서 나올 수가
없었다
벌레 조각들을 모아 하나씩 하나씩 나를 입히기 시작
했다

나는 벌레의 하얀 시체를 옷으로 입은 신부가 되었다
하이힐들이 박수를 치며 결혼 축가를 불러댔다
축가를 들으며 나는 귀를 막았다
정신없이 팔을 내밀어 더듬으며 내릴 곳을 찾아
문이 열리는 곳으로 뛰어내렸다

하이힐들이 소리쳤다
벌레가 난다 벌레가 난다
사람이 사는 곳에
벌레가 난다

거짓말

난 위대하지는 못했지만
거짓말을 하지는 않았다

특히 내가 만들어가는 책 속에서는

내 책 속에는
내 질문과
나만의 나만을 위한 대답이

사랑이 떠나가고
별이 날 돌아서 빛나고

그대들이 날 버렸다라는 그 생각이
귓속에서 절망의 공장을 돌릴 때조차

그 답이 내게 있었다

난 나의 질문에는 함부로 대답하지 않았다

난 자주 누군가에게 거짓말을 한다

그리고는 금세 내가
거짓말을 했음을 알고
스스로를 혐오하고 나쁘게 인정한다

적어도 나는
스스로에게 정직하므로

나는
나의 유일한 선생이 될 수 있었다

내 안의 교사로부터 매일 매 순간
행복한 대화를 건네는 법을 배운다

둘의 대화는 풍요롭다

나에게 정직하다는 것은
타인에게 칭찬을 받는다는 것보다
생산적이고 행복한 일이다

관심

우린 자신의 시각에서
편견을 기르고
그 편견이 진실하다 믿는다

하지만 자신의 진리에 대한
강한 확신과는 무관하게
진실은 얼마나 공허한가

나를 위로하는 그대가 없으면

눈을 동그랗게 뜨고
진리를 울며 말하던
누군가가 그립다

그리고 진리에 섞여
너의 혀끝에서 향기롭게 맴돌던
거짓마저 그립다

우리에게 필요한 것은
누가 정의로운가를 주제로 삼은
거친 토론이 아니다

나는 그대가 이따금씩
내 심장에 귀를 가까이 대고

나의 생사를 확인하기를 바란다

아직 나는 그대의 관심을 받고 살고 싶다

길가에 밟힌 그 불운한 장미 한 송이 같이
자신을 주워 꽃병에 넣어 줄 사람을 기다리면서

즐거운 작별

조용한 작별로 나를 떠나게 해주세요.
병이 들더라도
남들이 꽃을 들고 문병 오는 그런 병이 아니라
사람들 입속에서 그냥 갔다더라
소문에 의하면 잘 갔다더라 하는 그런 병으로 떠나게
해주세요
친구들이 모여 즐겁게 날 비난하고
아이들은 내 무덤 앞에서 흙장난을 하고
술 취한 친구는 묘비에 낙서를 하고
혹시 작은 원한이라도 가진 지인이 와서
죽은 나에게 몹쓸 말을 하더라도
그를 위로하세요 나의 조용한 죽음으로
나를 기리거나 추모하는 일은 금하고
축제가 끝나면 무덤을 없애어 먼지가 된 나의
즐거운 놀이터가 되게 하세요
새들이 날아들 수 있게 잘 자랄 나무를 심고
다람쥐가 먹을 도토리나무도 몇 그루 심어 두세요
그리고는 내가 얼마나 즐거워할지를 이야기하면서 집
으로 돌아가세요
나를 잊는 일을 두려워 말고
그대를 기억해 줄 이들에게 가세요

아름다운 사람

육식주의자
채식주의자
가끔씩
아무것도 먹지 않고
살고 싶을 때가 있다
무엇도
죽이고 싶지 않을 때가 있다
나만을 죽이고 싶을 때가 있다
그래서
가장 아름다운 사람은
거식주의자

걱정하지 말아요

걱정하지 말아요
우리가 걱정하는 것들은
우리가 걱정하지 말아야 할 것임을
나도 그대도 알고 있어요

우리는 잠시 인생의 선생님들에게 벌을 서고 있어요

버거운 책상 하나를
손에 들고서
각자의 어린 교실에서

벌은 곧 끝나요
그것이 우리를 가르친
인생의 선생님들의
마지막 인사말이었어요

애들아 책상을 내리고
집으로 가거라
인생을 조잘거리며 저 아름다운 노을을 걸어서

그것이 선생님들의 마지막 인사였어요

걱정하지 말아요
왜 혼자 쓸쓸히 빈 교실에서

책상을 들고 있나요

벌은 오래전에 끝났어요
선생님들은 오지 않아요

책상을 집어 던지고
인생을 조잘대며
저 아름다운 노을을 걸어요

사랑하는 이와 걸어요
지상의 마지막 밤인 것처럼

노안

기억이 흐려지듯
눈이 흐려지고

세월이 가면
아예
사람이 간다

사람이 가면
슬픔으로 눈은
더 흐려진다

다행히
맘속에 눈과 같은 것이 있어
감으면 그 안에 해가 있다

그 해는 날 태우지 않고
따스하고 뭉클하게 한다

눈을 뜨면
보이지 않지만

눈을 감으면 보인다

봄바람에 눈을 감듯

살짝 졸음을 청해

내 안의 눈이
해바라기 같은 내 안의
해에게 웃는다

눈이 흐려진 나는
눈을 감아서 행복하다

이곳은
내가 가장 아름다운
나만의 정거장이다

회상

나는 잠깐만
벗어나고 싶다

이 지겨운 긴장
두려움

눈 내리고 비 내려도

거기
괜찮았던 그 시간

게으른 눈빛과
느리고 형편없는

나의 상상이 행복했던
그 시간

내가 내게 말했던
거짓말이 괜찮은
그 시간

봄은
다시 온다

나의 묻힌 다리가
아직도

꿈을 꾼다

위로

바람이 불면
나는 나뭇잎 같아서
바람에 울고

사랑이 떠나면
나는 빈집 같아서
달빛에 흔들어 우네

밤새 한 마리
허공에 휘파람 뿌리고 가며

흐르지 않는 강이
어디에 있는지 내게 물어보네

왔던 길로 되돌아간 사람
하나 없음이 사는 것이니

비가 오면 우산을 들고
그 비 그치면 우산을 접듯이

지울 거 하나 없고
더할 거 하나 없이

갈 곳으로 가라 하네

그렇게 저렇게 흐르라 하네

집으로

가자 집으로
욕으로 수제비를 만들고
살쾡이를 손톱에 키우는

내 따뜻한 집으로
돌아가자

거기서 신념이 죽고
거기서 쓸쓸해진들

혼자 머리를 부수고
비구름을 덮고
잠드는 것보다는
낫지 않겠는가

가자 집으로
상처받으며
수제비 먹으러 가자

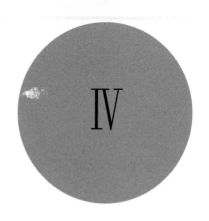

IV

별이 거울이 되어
내게로 비추면

부끄러움

부끄러움이 많아져
자주 얼굴을 가린다

특히나 바람이 하늘을
맑게 닦아

별이 거울이 되어
내게로 비추면

붉어진 눈가에서는 누추한
비가 내리고

어쩔 줄 몰라 신발을 던지고

발은 어디론가로 나를
달아나게 한다

나의 아내

나의 아내 조안은
필리핀 사람입니다

필리핀 사람이라는 것은
여기서 사는 게
쉽지 않다는 말입니다

그런 사람이
내 옆에서 잠을 자고

아침에 깨어 내게
사랑한다고 말하는 것은

네가 돌아서면 나는 죽어
그런 뜻입니다

그런 나의 여자가
지금 화가 나 있습니다

나는 이유를 물을 수가 없습니다

그건 내가 그냥 지나치게
잘못했다는 말입니다

빌고 또 빌다가 모자라면
꿈에서라도 죽어야겠습니다

너와의 시간

너와의 시간

너만이 존재하는

네가 없으면
시간이 없는
이 시간

너의 무언에
침묵의 덩어리로
변하는 세계

절대온도가 흐르는 세계

너의 입에서 흐르는
말 하나가
인간 전 역사의 의미를
가지는 시간

네가 내게 오고
나는 우주를 잃고

네게 미치게 몰입하는
사랑의 시간

너는 내게
가치를 주고

나는 네게
성스러운 가격이 되는
이 시간

미래가 몰래 사라지고

나는
너의 현재에 갇히는
아름다운 사랑의 시간

출근

새벽길
다람쥐처럼 달려
전철에 오르면

집에 두고 온
사랑이
생각난다

수원행
빨간 버스를 타고
창밖 하늘을 보니

거기 애기 같은 사랑이
구름 위 옹알이를 한다

오늘 저녁
세상 속 좋은 꿈

모두 사다가
네 입속에 넣어주마

너를 그리면
오늘 하루가
다 지나 가니

너는
꽃길을 걸어라

너는 꽃길만 걸어라

나 험한 세상 잠시
머뭇거리다
기웃거리다

먼바다로
고단한 하루가 질 때

집 앞 모퉁이 도는
그리움에

옷깃에 묻은
세속을 씻고

네가 가장
사랑하는 얼굴로
문을 두드릴 테니

아내

그대가 없으면 나는
버러지
시간을 먹는 하마

그대는 나에게
이유를 주고

난 그대에게
소박하지만 사려 깊은
결과를 주려 한다

매일 매일 주는
너의 핀잔과 사랑스러운 핍박은

내 부러진 낭만을 세워준
작은 깃발 속의
깃대

너의 의미는
왜 이토록 아름다운가

너는 나를
연장한다

파편으로 누워버린
초라한 나를

남편

나는
보통의 인격과 적당한 깊이와
평균 이하의 물질소유권을 지닌
남보다 편안한 사람

거대한 사막 속 모래알갱이 하나 같은 나를
사랑의 보자기에 고이 접어 넣고
겹겹이 콩깍지 쓴 눈으로
눈물이 그렁하여 나를 보며 아내는
날 세상에 하나인 특별한 모래라 한다

나는 보통의 사랑을 주고
흔한 말을 하고
남들이 하듯이
밥 먹은 배에 키스를 하고
잠든 아내를 바보처럼 바라보다 웃는
남보다 조금 더 편안한 사람

허나 젓가락질 서툰 네게
가장 맛있는 고등어 살을 발라
밥공기에 얹어주고
세제로 터진 어린 네 손등에
눈물과 미안함으로 연고를 바르며
너 없으면 살 수 없다고

살가운 거짓말을 해준다
바람이 차게 드는 날엔
너를 위한 창으로 별을 들이고
따스한 가을 아침엔 그 창을 열어
살짝 졸리운 너의 눈등에 입맞춤을 하고
막 익어버린 햇살을 네 손에 쥔다

삶이 힘겨워 울 날이 있음을
내 왜 모를까
울지마라 내 사람아
내 심장이 널 위해 들려줄
행복한 동화가 그날들보다 많으니

내 투박한 손이 너를 위해 손수건이 되리니
울던 너는 내 등에 업혀
별이 잔치하는 밤하늘 보다가

내 늙으신 어머니 종알거리며
아주 오래도록 밥을 짓고
우리의 아이가 곱셈 덧셈하다 잠든
작은 집으로 느을 돌아가자

나는 어느 남보다 너만을 바라보며
세상 모두의 칼끝에 나만을 다치며

네 앞에서 걷는 편안한 사람이다

사랑아 내 아내야

나는 너의 남편이다
너의 가장 편안한 사람이다

작은 맹세

가난한 자는
풍요로 채워지고

부유한 자는
너그러움으로
타인에게 빛나라

모든 우리는
사랑의 어머니에게서
시작하여

다시 모두의
어머니에게로
돌아가는 것이니

내가 가진 것이
내 것이 아니고

네 손에 잠시 들린 것
네 것이 아니네

세상은
삶이 대여받은
여관일 뿐

나는 무엇의 주인도 아니고
누구의 하인도 아니므로

숭배하지 않고
비하하지도 않네

가난은
잠시 비워진
풍요의 그릇

부유함은
곧 채워질
가난의 독배

나 지금
모자라 슬프나
곧 넘쳐서 괴로울 날이
올 것을 알고 있네

나는
이런 마음으로 잠들어
그런 마음으로
눈을 뜨리니

가난한 자여 내게 와주게

내 것이 적지 않으면
그 적지 않음을 네게 주고

풍요로운 내가
언제일지 모르나

보다 많은 날엔
그보다 많음을
그대와 나누리

잡다한 소망

엄마 백 살 살기
조안 죽을 만큼 사랑하기
외로운 친구 공감해 주기
산골에 넓은 땅 사서 백구 키우기
천체 망원경 사서 우주 끝 별 보기
밴댕이 지인 품어주는 넓은 사람 되기
초딩과도 요구르트 대화할 수 있는 좋은 어른 되기
지구 끝까지 걱정 없이 걸어보기
바퀴벌레에게 우주의 비밀 알아내기
세계 10대 악인 찾아서 벌주기
내 맘 속 악당 잠재우기
사업 망한 친구 십억 빌려주기
일흔 넘은 질투의 화신 조안에게 팔뚝 물리기
돈 많고 사악한 친구에게서 백억 빌려 안 갚기
백 살 넘은 엄마 잔소리 즐기기
아이 101명의 좋은 아빠 되기
사하라 사막에서 사흘 동안 반신욕하고 살아남기
폐지 줍는 할머니 매달 오백만 원 연금 받는 복지
사회 보기

마지막으로 죽은 친구 장례식 치러주고
먼저 가 난 좀 더 있다 갈게라고 말하기

이 모든 소원이 이루어진 후에

조상들과 신들의 세계로 가기

사랑이 오는 시간

사랑은 유치하게
온다

성숙하지 못한
늙어가는 남자와

아직 늙지 않은
성숙한 소녀의 의심하지 않는
눈가에

남자는 식은 꽃을
건네고

소녀는 식은 꽃을
뜨겁게 태운다

사랑은 유치하므로
아름답다

서로의 꽃의 온도가 다름을
회고하는 것은
사랑이 아니다

마음의 모든 창을 닫고

그중 유치한 창을 열면

거기서 사랑은 불어온다
불안한 내게

가장 유치할 때
사랑은

죽음처럼
곱고 아름답다

신의 사랑

내 사랑은
백번을 닦은
소중한 명품 구두처럼 나를
사랑하네

난 누군가의 상처 많은
발에 입혀진
낡은 운동화일 뿐인데

내 사랑은
시간이 우릴 버리기 전까지

흐리고 못난 나를
만 번을 닦아

지상에서 가장 아름다운
겨울이 오면

눈 오는 날
나를
신어보리라 하네

나는 나를 곱게
닦아준 그 사랑의

마지막 신이 되었으면 하네

예쁜 여자의 걸음

예쁜 얼굴로
걸어가지 마라
지나가지 마라 내 뒤로

너는 예쁘지만
당연히 예쁘지 않다

나는 예쁘다라는 얼굴로
나는 예쁘다라는 걸음으로

방금 너는
내 뒤로 지나갔다

이 순간
너는 내 모욕감의 원인이 되었다

너는
예쁘다하는 걸음으로
관심 없다하는 얼굴로
사라졌다 내 뒤로

나는 짧게 너를 선택했지만

너는 아예 나를

선택하지 않았다

그럴 일은 없겠지만
어느 거리에서
어느 시간에 다시는

나는 예쁘다라는 얼굴로
지나가지 마라 내 뒤로

너는 그때도 예쁘겠지만
그래도 너는 예쁘지 않다

그때 나는 너를
알아보지도 못할 것이고

나는 더 이상 너를
선택하지도 않을 것이다

어느 술집

세상에서 가장 가까운 술집

비를 맞으며 걸어도
비를 맞지 않는

이상한 거기

마치 잠시 네가
나의 소박한 정류장에 내릴 듯

파란 버스가 어둡고
눈물 나게 지나가는

평생의 의자 같은
그 술집

너는 끝내 내리지 않았지만

어느새
네가 내 술잔에 내려서

내 눈썹과 입술에
추억의 바람이 되는 거기

난 그곳에서 널 그리고
난 그곳에서 널 대화하고

끝내 너는 내게 오는
버스를 타지 않았지만

미친 듯이 네게 가까이 가는

길거리 하늘 아래

네가 오는
그 술집

거리에서 비 오는 날

사소한 외로움으로
눈이 흐리다

신발에 붙은 낙엽 하나가
아주 무겁다

거리를 폐지처럼 걷는다

부도난 비가
빨간 차압 딱지로 내린다

길가 파산한 나무 아래서
잠시 하늘의 형 집행을 피한다

다시 나무 밖으로
비 오는 길을 나선다

초저녁 비 맞은 어둠이
가로등을 켠다

가슴에
해바라기가 피고
꾀꼬리가 다시
말을 한다

살아 있으면
사형 집행은 없다

나는 아직
행복한 죄수다

결의

오늘은 어제와 같은
또 다른 사건이고

시간은 언제나 무겁다

감히 자고 일어나면
색다른 처지에 놓인 그 사람이
나이길 바라지만

내일의 그 사건은
내가 오늘 마주한
어제의 그 사건일 것이다

난 그 같은 속성과
변함없는 우울한 시간의 자태

그 무거움을 덜지도 못하고
더하지도 못하므로

내게 일어난
내 인생에서 가장 아름다운 사건

내 아내를 사건의
주인으로 결정했다

작은 우울

우울하다
그냥 우울하다

애기 보고 싶다
오늘은 애기 생일

내가 보내준 적은 돈으로
새우와 가재 먹고

고맙단다 행복하단다

아무래도
미안해서 우울한 거 같다

가난하면 미안해지고
가난한 사랑이
또 미안해서

난 오늘 죽을 듯이 우울하다

부유浮遊. 채경식을 생각하면 떠오르는 단어다. 둥둥 떠다님. 정처 없이 세상을 떠돈다는 것. 대학 시절 문학회의 친우 경식이는 나이 오십에 접어든 지금도 떠다닌다. 터 잡지 못 하고 불안과 냉소 속에 세상을 떠돌던 그는 방외인이다. 세상을 아웃 했든, 세상에서 아웃당했든 어쨌든 아웃사이더이다.

대학 1학년의 여름방학, 충주가 집인 그는 명륜동 캠퍼스의 칙칙하기만 한 동아리방에서 기식했다. 거기서 영등포의 조그마한 기계공작소, 소위 마찌꼬바라 불리는 공장에 일을 나갔었다. 두 달 내내 일해 모은 돈으로 등록금을 마련하나 싶더니 경식이는 엉뚱하게도 하프를 샀다. 혼자 만지작거리더니 어느새 연주를 했다. 재주는 참 좋은 친구였다. 그런데 한 달도 안 돼 도둑맞고 말았다. 그 시절 대학캠퍼스 동아리방에는 도둑이 자주 들었다. 그럼에도 별다른 낙망의 기색이 없었다. 먹을 것 못 먹고 사놓은 고가의 악기를 잃어버렸어도 천하태평이었다.

80년대의 대학가는 민주화운동과 함께 민중운동과의 연대가 활발했다. 우리는 지역의 노동운동에 지원을 나가기도 했다. 노조를 와해시키려고 위장폐업을 한 어패럴(의류업체)공장에서 폐업 철회를 요구하는 투쟁이 있었다. 노조에서는 학생들에게 지원요청을 했다. 경식이와 나도 거기에 참여했다. 투쟁 지원이라고 해도 서너 번 방문해 같이 밥을 먹고 토론하는 정도였다. 그런데 경식이는 달랐다. 한 달여 간 공장에서 먹고 잤다. 그런데 경식이는 노조의 골칫거리가 되었다. 여성 노동자가 대부분인 봉제공장에서 소수 남성노동자는 술 먹고 개기는 경우가 많았다. 경식이는 그 불량 남성노동자들과 함께 매일 술 마시며 늦은 밤 공장에 들어와 냄새를 풍기며 자기 일쑤였다. 노조 투쟁의 기강을 흐리는 불량감자였던 것이다. 오죽하면 착실한 조합원들이 제발 좀 학교로 돌아가라고 내게 하소연할 정도였다.

그런데 경찰이 강제로 농성을 해산하려고 진압 작전에 돌입했을 때 경식이는 남성노동자들과 함께 경찰에 맞서다 연행됐다. 나도 그 자리에 있었는데 여성노동자들은 나를 에워싸며 보호했다. 겁 많은 나는 싸움 한번 제대로 못 한 채 웅크리고 있다가 연행됐다. 시간이 한참 흘렀지만 지금도 얼굴이 화끈거린다.

십 년 가까이 학교 언저리에서 지내던 경식이는 세상으로 나왔지만 정착하지 못 한 채 불안한 얼굴로 떠돌았다. 그런 그가 문학회의 카톡방에 시 비슷한 것을 올리기 시작했다. 아포리즘 비슷한 낙서도 올렸다. 그의 글에는 세상에 정착하지 못하고 겉도는 아웃사이더의 냄새가 짙게 배어 있다. 생활인의 냄새가 나지 않고, 이성의 흔적을 찾기 힘들다. 감상과 감성이 도드라진다. 그런데도 카톡방에 올라오는 생활인 친구들의 일

반적인 수다와는 다른 뭔가가 있었다.

생각해보자. 쓸모 있고 적응 잘하는 인간이 시를 쓰겠는가. 착실한 우리 사회인 다수가 소위 말하는 '대리인생'을 살고 있지 않은가. 사회와 타인의 욕구를 대리해 돈을 벌고, 지상의 쪼그마한 집 한 칸 속에 복작이며 살고 있지 않던가.

미문으로 유명한 문학평론가 김현은 그래서 문학이란 하나 쓸모없는 것이기에 쓸모 있는 것이라고 하지 않았던가. 열심히 살고는 있지만 돌아보면 한낱 미망迷妄에 불과한 것에 빠져 헛되이 분망奔忙한 것은 아닌지. 문학이란 것은 가끔 존재의 의미 없음을 생각해 의미 있게 만드는 역설 때문에 존재하는 것은 아닌지.

그의 시의 주조를 이루는 것은 사랑과 죄의식과 가족이다. 스스로 '애정 조절 장애'가 있다고 고백한 채경식의 시에서 사랑은 아픔이다.

아프다 그리운 건 아프다
그립다 아픈 건 그립다

－「빈잔」中

사랑은 소통이고, 다른 한편으론 '밀당'의 게임이기도 하다. 애정 조절 장애인은 게임을 못한다. 그저 사랑에 아프다. 속절없이. 그리고 슬프다.

사랑하는데 난
왜 슬픈가

그대가 나를 사랑하는데
난 왜 슬픈가

내 옆에 네가 있어
난 왜 우는가

눈발에 차가워진 내 손을 네가
호오 호오 하는데

왜 찬바람 쪽으로
창피해 얼굴을 돌리는가

너를 보면 난 늘
내 사랑이 가난해 보이고

- 「그대에게」中

세상을 겉돌며 살았듯 사랑도 겉돌고 뭔 놈의 죄의식이 그리 많은지 모르겠다.

그늘진 내 입술은
낙엽이 되어
(…)
나에겐

죄가 있어

너만이
아니라고 할 수 있는
그런 죄가 있어

- 「속죄」中

부끄러움이 많아져
자주 얼굴을 가린다

특히나 바람이 하늘을
맑게 닦아

별이 거울이 되어
내게로 비추면

붉어진 눈가에서는 누추한
비가 내리고

- 「부끄러움」中

그가 죄의식을 느끼고 부끄러움을 타는 것은 세상과 싸워
나갈 용기가 없어서일까? 모기와 지렁이 같은 미물과 자신을
똑같은 존재라고 여기기 때문일까? 세상에서 제일 무능하고,

겁 많고, 쓸데없는 그이기에 어쩌면 가장 평화로운 존재일 것이다. 그런 경식이는 천진하다.

내가 바라는 세상은

아이가
배고파 울지 않고

노인은
남은 시간을 두려워하지 않고

아이는
어른이 됨을 즐거워하고

노인은
시간이 다했음을 행복해하는 세상

짐승이
사람보다 아래가 아닌

사람이 죽어간 것들에게
미안하다고 말하는
서로에게 사과하는 세상

－「내가 원하는 세상」中

세상을 두려워하지만 천진난만한 '애정 조절 장애인' 경식이 작년에 결혼했다. 제 나이 반밖에 안 되는 여름나라 필리핀 아가씨와 페이스북을 통해 만났다. 그의 아내는 '애기'이기도 하고 "그런 나의 여자가 / 지금 화가 나 있습니다 / (…) / 빌고 또 빌다가 모자라면 / 꿈에서라도 죽어야겠습니다"라고 반성문을 쓰게 만드는 호랑이기도 하다. 그를 여전히 애기로 볼 수밖에 없는 노모와 함께 말이다. 그의 아내 뱃속에는 진짜 '애기'가 있다. 올여름이면 볼 것 같다. 그의 소망은 시집이 많이 팔려 분윳값 걱정 안 하는 것이다. 독자들의 성원을……

최용범
『하룻밤에 읽는 한국사』 저자
페이퍼로드 발행인

네가 있는 곳이 세상이다

초판 1쇄   2017년 1월 26일

지은이 ㅣ 채경식

펴낸이 ㅣ 최용범
편집 ㅣ 박강민, 최종오
마케팅 ㅣ 정현우
디자인 ㅣ 신정난
관리 ㅣ 강은선

펴낸곳 ㅣ 페이퍼로드
출판등록 ㅣ 제10-2427호(2002년 8월 7일)
주소 ㅣ 서울시 마포구 연남로3길 72 2층
대표전화 ㅣ (02)326-0328
팩스 ㅣ (02)335-0334
전자우편 ㅣ book@paperroad.net
홈페이지 ㅣ http://paperroad.net
블로그 ㅣ blog.naver.com/paperroad
페이스북 ㅣ www.facebook.com/paperroad

ISBN   979-11-86256-63-6 03810